KB126463

조용한 심장

파란시선 0038 조용한 심장

1판 1쇄 펴낸날 2019년 8월 10일
지은이 박송이
디자인 최선영
인쇄인 (주)두경 정지오
펴낸이 채상우
펴낸곳 (주)함께하는출판그룹파란
등록번호 제2015-000068호
등록일자 2015년 9월 15일
주소 (10387) 경기도 고양시 일산서구 중앙로 1455 대우시티프라자 B1 202호
전화 031-919-4288
팩스 031-919-4287
모바일팩스 0504-441-3439
이메일 bookparan2015@hanmail.net

©박송이, 2019, printed in Seoul, Korea

ISBN 979-11-87756-44-6 04810
    979-11-956331-0-4 04810 (세트)

값 10,000원

•이 책 내용의 전부 또는 일부를 재사용하려면 반드시 저작권자와 (주)함께하는출판
 그룹파란 양측의 동의를 받아야 합니다.
•잘못된 책은 바꾸어 드립니다.
•지은이와의 협의 하에 인지는 생략합니다.
•이 책의 국립중앙도서관 출판예정도서목록(CIP)은 서지정보유통지원시스템 홈페이지
 (http://seoji.nl.go.kr)와 국가자료공동목록시스템(http://www.nl.go.kr/kolisnet)
 에서 이용하실 수 있습니다.(CIP 제어번호: CIP2019028721)
•이 책은 대산문화재단의 2013년 대산창작기금을 받아 출간되었습니다.

조용한 심장

박송이 시집

시인의 말

열어야 할 문이 병실이래도

만져야 할 몸이 머리카락뿐이래도

아픈 엄마래도

차례

제2부

제1부

우리는 태초에 꽃의 이름으로 태어나

꽃의 이름으로 불리는 것들은 죄다
발목이 아프다

너에게 가기 위하여
푹푹 아무 데나 깊숙이 땅을 밟아 본다

너와 떨어져 사는 세상이 경악스러워
달랑 혼자인 내가 달랑 혼자인 널 그리워
외롭게 조는 일

꽃의 머리로 꽃의 심장으로 꽃의 혈관으로
연애를 구걸하는 저녁은 아름답다

송이송이 눈꽃송이 하얀 꽃송이

콧구멍 없이 잘도 벌렁거리는
이 깊고 높은 세상 속으로
연인들이 폭죽을 터뜨린다

우주의 골방에서

우리는 이미 장애를 앓는 꽃

꼭꼭 숨은 나이테 속으로
빙글뱅글 꽃이 피어도

매발톱꽃에게 사랑은 한 구절로 부족하다

바다사막

수사적으로 너에게 빠지고 싶다
너에게 한 땀 한 땀 수를 놓는다
너는 밑그림 없는 그림
아주 예쁘게 천천히 우리는 모래로 가자

공중을 잃고 잃어버리고
새까맣게 말라 가는 너는 나의 구심이다
바다는 더 이상 술이 아니다
바다는 물이 아니다
바다는 돌이거나
흙이거나 달이거나
사막이거나 사막이다

애 하나를 낳고 아이를 키우며
우리는 물 위를 덮는 낙조가 되거나
불쑥불쑥 함정에 빠지면서
물 위를 걷는 한 마리 물짐승이 되거나
물속에 숨어 밤마다 목을 내밀어 목으로 운다
물짐승을 기르는 산호가 되거나
바다를 기어 다니는 물비늘이 되거나

바다사막에 수국이 피었다
나는 그 수국이 되거나
한 잎 한 잎 떠가는 물나방이 되거나

소녀와 과학실

과학실에 남아 양파와 말벌과 놀았다
아세트산카민을 양파 세포에 떨어뜨리면
양파는 아주 작은 육각형의 건축물이었다
세포 속에는 까만 핵들이 전구처럼 반짝였는데
거기 문고릴 걸어 잠그는 소리가 들렸다
손잡이를 열고 싶었던 것뿐인데
양파 속 남모를 작은 뜰을 기록했을 뿐인데
해 갇힌 과학실은 오래 비었고
이빨 나간 창문에 말벌만 머리를 박고 있었다
세포 속에 움츠려 방 한 칸 마련한 나는
알코올 속에서 참붕어와 실뱀과 박제된 채
아가미를 퍼덕이며 놀았다
복순이가 지 얼굴에 알코올을 쏟아붓고
가까운 보건소로 실려 간 날
눈동자가 멀어 있는
두꺼비의 죽은 몸뚱이를 보면서
침독이 올라 입 주변이 시꺼멓던 규남이를
이유 없이 미워하면서
청소를 마친 과학실에 남아
나는 먹지 못할 양파를 깠다

현미경대에 누운
양파의 피부는 투명했고
초점이 맞춰진 찬 유리 대에서
나는 빈 전구에 까만 불 켜고 있었다

머리카락

꽃이 피고 꽃이 지고 연잎이 돋아
다 아는 눈빛으로 봄이여, 세상을
바라보지 마라 뒤돌아 아무도 희망치 마라
어차피 밑지는 사랑을 할 시간

무심결에 무심코 떠난다 할지라도
천둥 번개의 마음으로
이제 아픈 데 한 군데는 콕 찍어 말할 나이
잃을 게 없는 가로수는 더디 자란다

아주 지독한 냄새를 맡으며 오래된 동굴로 울며
한나절 한 개 상처를 반반 나눌 수 있을까
너의 발자국과 나의 발을 창에 걸어 놓고
너의 시를 나의 노트에 베껴 쓴다

언제쯤 나는 천둥처럼 울 수 있을까
중이 되고 싶다 말하면
중이 될 수 있을까

검은 눈물 흘리는 한 사내를 사랑했었다

아픈 데 모르고 아프던 네 아픔조차 새파랗게 질투하며
너라는 방 하나를 집 짓던 그 거짓 같던,
내 꿈의 주인공이 너였던 적 있니?

우리가 오래 입 맞추던
비린내 같았던 그날들이
거짓말처럼 죽지도 않는다

메이킹 포토

더블린에 가고 싶었다
지도를 읽지 못하는 새들과

여러 편의 시를 쓰고 싶었다
반짝반짝 아름다운 암실 속에서

아무도 나와 눈을 마주치지 않았다
고열을 앓는 중일까
하얀 별들과

애인은 가장 먼저 상갓집에 갔다
겨울이 오면
겨울이었으니까

나는 꽃보다 일찍 시들었다
애인이 떠난 방에서

꽃이 피면
꽃이었으니까

통증

그리하여 너를 포기했다
막장은 군더더기 없이
본론으로 치달아 가는 거
용서 미증류된 연민과
아주 오래된 호소와
미완성된 그림을 보면서
잡을 수 있는 끈은
애초 존재하지 않았다
빈 라면 봉지들
냄비 뚜껑의 들썩거림
궁금치 않은 미래
똥은 날것 그대로
부서진다 부서지지 않는다
내가 꺼낸 건 너였다가
너를 도로 돌로 만들었다가
나의 무심함 속에서
우리의 기억이 앓는다

새는 없다

우리의 책장에는 한 번도 펼치지 않은 책이 빽빽이 꽂
혀 있다

15층 베란다 창을 뚫고 온 겨울 햇살
이 창 안과 저 창 밖을 통과하는 새들의 발자국
우리는 모든 얼굴에게 부끄러웠다

난간에 기대지 말 것
애당초 낭떠러지에 오르지 말 것

바람이 불었고
낙엽이 이리저리 굴러다녔다
우리는 우리의 가면을 갖지 못한 채
알몸으로 동동 떨었다

지구가 돌고

어쩐지 우리는 우리의
눈을 마주 보지 않으면서
체위를 어지럽게 바꿀 수 있었다

우리는 우리의 멀미를 조금씩 앓을 뿐

지구본에 당장 한 점으로
우리는 우리를 콕 찍는다
이 점은 유일한 우리의 점

우리가 읽은 구절에 누군가 똑같은 색깔로 밑줄을 그었다

새들은
위로 위로
날아
우리는 결코 가질 수 없는
새들의 발자국에게 미안했다

미끄럼틀을 타는 동안
우리의 컬러링을 끝까지 듣는 동안
알몸이
둥글게 둥글게
아침을 입는 동안

우리의 놀이터에
정작 우리만 있다

작은 별

막차에 올라 손을 흔들고

흔들리는 길을 따라

우리는 멀어진다

풀을 먹은 닭이

초록 알을 낳는다

이건 꿈의 이야기다

그러나 눈을 뜨면

차들이 지나가는 쪽으로

닳고 닳은 너의 뒷굽

사막을 오래 울다 간 낙타들

네가 떨어뜨린 속눈썹

그 긴 정류장에서

우리는 이가 빠진 구멍으로 흔들린다

장마

우리가 한때 사랑했던 페이지를 펼치면
거기엔 갖가지 기생의 흔적이 새겨져 있다

소주를 한 잔 붓고 두 잔째 퍼붓고
사람을 사랑하는 게 죄냐고
놀이터에 퍼질러 내 집 앞을
꺼이꺼이 너는 울었니

난 네게 커다란 상징도 뭣도 아닌데
지랄 맞은 세상에서
서러운 몰골로
더러운 근성으로 살아야 한다고

과오처럼 구부러진
검고 긴 속눈썹이 빗속에서 떨고 있다

나는 말없이 창문을 세게 잠그고
아무도 없는 딱딱한 침대에 누워
온밤이 죽은 척

꾸깃꾸깃 읽고 접은
낡고 얼룩진 귀퉁이의 잠을 오래 잔다

꽃일까 곰팡일까
천장에 피어난 핏빛 자국,

미안해요 야릇한 시체인 채 당신을 우롱했어요

눈을 뜨면 넋이 가려워
넋이 미쳐서 방이 통째로 젖어 간다

블랙

그날 무언가 일이 벌어졌다
이건 좋고 나쁘고의 문제가 아니다

이 역을 지나 다음 역으로
이 역을 지나면 다음 역이었다

이건 얇고 작은 책이다

그가 끌고 간 기차간에서
그가 쓰다 만 소설을 읽는다

철제 침대 빈 옷걸이들 기차의 종점
그날 무언가 일이 벌어졌다

상행선에서 하행선으로
뾰족하게 연필을 깎는다

손이 그의 문장에 밑줄을 긋는다
그러나 그는 도망친다
이건 그의 오래된 습관이다

이 역을 지나 다음 역으로
이 역을 지나면 다음 역이다

여긴 나가는 문이다

성락원

그녀는 병원에 누워 한쪽 가슴을 도려냈다
성락원 담장을 따라
장미가 피었고
피어서 아름다웠다
아무도 장미를 꺾어 가지 않는데
장미에게선 동그랗고 새빨간 사과 향이 났다
나는 해바라기처럼 착하게
구름처럼 느리게
구름보다 천천히
그녀의 반쪽 가슴을 만져 보았다
베어 먹을 수 없는
못생긴 가슴 한쪽이
배시시 웃고 있는 거 같았다
떨어진다면
떨어질 수 있는
붉은 유월이었다

●성락원: 은퇴한 여교역자들이 모여 사는 집.

무향실

똥과 오줌을 싸지른 죄목으로
애완견이 집 밖으로 쫓겨났다
나에게는 살아갈 기술이 필요하다
누추한 등뼈와 창백한 이마가
표적이 될 거란 걸 안다
어쿠스틱 기타를 할부로 주문한다
파리가 핥은 식빵을 입에 문다
밤새 텔레비전 채널을 누른다
다음 다음 다음
자위를 한 후 맥없이 밀려드는 긴 침묵
기억상실증 환자의 병명은 기억 없음
빗자루와 행운목이 조용하다
잠이 오고 잠을 잔다

오후의 빵집

오후의 빵집엔 오후의 빵만 팔려요 당신과 나 사이엔 우울의 쳇바퀴 돌고요 손가락은 아파트 층수를 일층오층십층 꼽아요 내가 층계처럼 떨 때 당신은 홍시 빠는 입술 모양으로 내 볼에 뽀뽀를 하더군요 꿈꾸는 비상벨일까요 층계는 가파르고 나는 모세혈관이 추워요 내 심장 박동 수를 들었더라면 당신은 아마, 식도의 경쾌함으로 추락하고 싶었을 거예요 맞아, 살아 있는 한 충분한 건 요란한 침묵뿐이죠 안전 대출 전단지 쥐여 주는 노인과 신용 불량 취업 준비생 사이엔 떨어진 낙엽과 매달린 낙엽만큼의 불통의 언어가 오갔을 뿐 언제쯤 죽을 용기가 생길까요 낙엽의 잔기침 같은 초겨울, 우린 낮달의 졸음을 인정해요 전단지 뭉치가 이스트팩에 켜켜이 쌓이고 무어든 꿈꾼다는 건 왜 그리 서러울까요 바람이 불고 크로바아파트 십오 층이 잠깐 휘청였어요 구름이 옥상을 스칠 때 한 겹 그늘이 잠시 무표정으로 머문다죠 손목시계의 분침과 옷걸이의 야윈 어깨 표정처럼 말예요 당신이 조막만 한 입술로 한입 빵을 삼키네요 파키라 잎사귀들이 한층 뻗쳐올랐고요 애초, 옥상은 뛰어내릴 수 있는 견고한 일상일까요 오후의 빵집엔 오후의 빵만 팔려요 당신의 발성은 좁고 내 두 귀는 작아요 해 질 쯤 난 배고픈 사람처럼 집으로 돌아갈 거예요

고백

그저 시퍼런 무 밭에 가서 우는 척했다
끝자락부터 바스라지는 건
내가 즐겨 기르던 화초에서였다
비틀어지는 건
무좀 걸린 발톱이었지
내가 아니었다
저게 나인가 싶다가도
저게 내가 아닌가 싶어
손가락으로 문장을 짓기도 했지만
그건 손의 일이었다
예쁘게 웃어도 보았지만
그것도 한 철이었다
지갑에 얼굴을 넣어 두고
빈 액자로 비어 있는 캔버스로
풀밭에 가서 우는 것은 맹꽁이었다

스트로크

창문이 열리고
별들이 반짝인다

도랑과 도랑 사이를 견디는 돌무덤과
돌무덤의 음계를 짚는 손가락들

얇은 네 손가락은
생전 처음으로 G코드 음을 짚었다

찬 벽에 걸린 달력이 되어
이상하게 순종하는 시체의 웃음으로

아무렴, 우리가 울다 웃고 미치고 자빠지면 어쩌랴

갓 낳은 달걀의 온기를 기억할 것
시인을 질투하지 말 것

돌이건 꽃이건 못이건 반짝이는 건 죄다
쓸모가 없다

커튼 사이로
커튼이 펄럭인다

낮은 볼륨과
홀로 낯선 쓸모로

지금 나는 없는 당신을 연습하는 중이다

제2부

구름이 지나가는 마을, 론세스바예스

창밖 가로등을 카메라에 담은 거였는데
지독한 농담과 우울의 니코틴이 흐르는
네 강가까지 와 버렸다

네 몸 위로 내가 눕고
내 몸 아래 네가 젖는다

내 목을 잃고
네 목으로 갈아 끼워
우리의 목은 박자 없이 고개를 끄덕이며
새빨간 거짓말이 적힌 새 악보를 따라 부른다

새가 없는 나라에 산 적 있는가
부리와 날개를 잃고
척추와 발톱이 구부러지는
새의 등뼈를 따라
구불구불 불구의 나라로 날아간 적 있다

나는 크고 아름다운 새의 눈에
한 주먹 모래를 붓고 싶었다

눈을 잃은 바다와
발 없는 길목을 따라
공중을 잃고
몸통을 불사르는 시체처럼
샹들리에 사이를 오락가락했으므로
나는 새가 죽은 나라에 산 적 있다

소리 없는 울음과
조용한 심장
그리고 자라는 손톱들
창밖엔 어둠 속의 어둠이 물들고
울다 웃는 일이 쉬워지고

새벽에 닦는 고요한 숟가락
커튼 대신 걸린 목들
지상에는 지상의 목들이
새가 사라지는 노래를 부른다

이별수선실

마른 손톱을 깎아 줄래 무덤을 냉동실에 활활 얼려 줄
래 뜨겁게 죽고 싶을 때 담배 한 대 피워 줄래 착지의 순
간 난 두 발을 착하게 오므릴게 양팔을 이쪽 벽과 저쪽 벽
으로 쭉쭉 뻗어 햇반처럼 윤기 나는 머리칼을 펼칠게 작
년의 콧구멍은 올해도 숨을 쉴까

먹고 싶다는 말
그러나 더 이상 발라먹을 게 없다는 말
한 번으로 족하다는 말

앨범의 까만 동공을 도려내는 가위를 제작해 줄래 왜
우린 없는 눈들을 후벼 팠을까 우리의 축농증은 여태 훌
쩍을 즐기는 중이니 낙엽의 뼈마디가 으스러질 때 연인들
의 손바닥은 왜 그리 창백했을까 우리의 인화된 표정이 더
이상 발랄하지 않아

사진을 자른다
오른팔과 오른눈과 왼팔과 왼눈을
사각사각 예쁘게 오린다
착하다

너를 살던 오랜 빈방에선 파산의 소리
과거를 자르는 녹슨 가위질이
실과 바늘을 들고 너를 기다린다

먼지의 고백

내장을 방부액으로 채우고 싶어 쪽창 밖 사이렌이 달려 가는데 누구나 응급의 기억이 있듯 깡소주에 단무지를 씹 다 나는 나에게 문자를 전송해 송이야 안녕,

손가락을 부러뜨리고 싶어 그래야 침묵은 완성되지 좁 쌀만 한 목젖은 어쩌다 내 안에 갇힌 걸까 나 아닌 채 표 류하는 일 이도 저도 아닌 채 비상구로 살아가는 일 전신 거울이 깨지고 혓바닥을 양 갈래로 땋아 줘 난 뱀의 노래 를 불러야 하는데 860번 종점에 앉아 아무도 듣지 않는 노래를 허밍해

갈 데 없이 허약한 정오일 때 누군가 내 심장의 무게를 잰다면 그땐 보랏빛 장미가 둘둘 박힌 두루마리 화장지 를 풀며 방언으로 얘기해 줄게 쫀득하고 통통한 내 혓바 닥 방부제 같은 기호로 잘근잘근 썩지도 못하면서 말이야

장미

1

   관 밖으로 뻗치는 머리카락, 그 힘으로 스토리는 생존
하지

   택시마다 지붕 불을 끄고 종점에 닿을 때 횡단보도 붉
은 신호등이 열등감처럼 당신 뒤통수를 주목할 때 창자에
결석이 돋아날 때 슬픔은 위장한 채 감옥에 갇히지 노래
는 짧고 반주는 단조만 밟으면서

   신호등이 푸를 때 내가 당신 딸이 아닐 수 있을 때 740
번지 보증금이 오를 때 핸드폰 액정을 만지작거리며 나는
사채라도 일수라도 쓰고 싶네

   동백처럼 추락하고 싶어
   해바라기처럼 착해지고 싶어
   그래 헤프게 웃자

2

담장 철창을 에둘러 장미는 귀, 귀를 매다네 여기 없는데 날 찾는 두 번째 벨이 중력의 힘으로 떨어지고 땡볕은 장미 가시는 안으로 밖으로 철창을 휘감네

　웃고 나니 심장이 흐느껴
　중고 카펫처럼 순해져

　반복은 기적을 낳지 못하고 베로니카는 죽기로 결심했는데 스스스 시곗바늘처럼 목 감아올려 엉켜서 일어서는 저 증후 감겨야 사는 이, 미친 거미 한 마리

　장미는 담장 철창을 기어올라 넢을 준비하네 슬픈 목소릴 매단 고리가 영영 끊이지 않게 한낮 꽃잎들 웅텅웅텅 내버릴 수 있게 나는 장미 귀, 귀잎들 빗겨 모아 밤하늘 불쏘시개로 피우네

버짐꽃

숙아, 차창 밖 달빛이 휘날려 달빛이 아까워 별 하나 집
으로 들어가지 못하고 어둠 속에 엎드려 있어 어린 날 우
린 파편 같은 편지 주고받았지 못난 얼굴 서로 비벼 댔지
우린 버짐처럼 마냥 꽃 피었네

늘 듣던 목소리는 잊히질 않아 난 가난했고 앞으로도 가
난해질 작정인데 그래도 괜찮겠니 팬시점에선 종종 편지
지와 편지 봉투를 사고 싶어

불구인 글자들이 왼발로 네 기억을 뚜벅거려

넌 서울의 이상한 활기를 좋아하고 난 수더분한 대전을
사랑한다 했지 대전행 중앙 고속버스 막차가 갱도를 통째
뚫고 내달릴 때 고속 차창 밖 동서울 하늘은 먹칠한 도시
같았어 먹먹한 굴길 속으로 빨려 드는 게 나을까 싶었어

우린 얼굴에 화장을 덧씌운 채 벽걸이 시계처럼 갈 곳을
몰라 허나 숙아, 네가 괴로워하여 네가 사는 거 같아 네겐
쓸데없는 구두가 많고 언젠가 이슥한 밤이 온다면 네 얘
길 처음처럼 듣고 싶어 아빨 잃고 어린 날 선불리 커 버린

네가 울고 숙아, 오늘은 서른 번째 너의 생일

　난 두 손바닥을 차창 밖으로 펼쳐 놓어 폭발음 달리는
굴길 속 굉음으로 너에게 달려가고 있어 언제 빠져나올지
모르는 그 터널 속 우리 함께 있지 못할 이유가 너무 많아
문득 생각하지 않고 살면 미안해지는 우리 오늘 밤 흑빛
으로 함빡 엎드리자 숙아,

스무 살

당신이 빈방에 누워 스피커의 낮은 볼륨으로 따라 울던 밤을 기억해요

당신의 음악은 거식증 환자의 위장처럼 말라 비틀어져 있을 때가 많아요

나는 당신의 위장에 남아 있을 공허를 아삭아삭 씹고 싶어요

밤이 가고 아침이 올까요 아침이 가고 당신이 올까요

주구장창 시든 꽃들은 아무렇지도 않은데

알까요

당신의 땅 위에 풍파가 머물고 있다는 걸요

내가 풍파를 기어 다니는 개미의 얇은 여섯 개 다리가 되고 싶어 한다는 걸요

아파트

닥치는 대로 혼자가 될 때
혼자 있는 것들과 눕고 싶을 때

누울수록 깊어지면서
우리는 그곳을 갯벌 빛이라 불렀다

그러나 우리가 단 한 번이라도
서로의 속살이 된 적 있을까

우리는 말놀음이나 할 줄 알지
빈 조개껍데기의 마음을 이해할 수 있을까

기르던 발톱을 버린 갯벌 밭에서
호주머니에 나란히 누워

속살이 열리기 전까지
바깥은 그저 문이다

나무항구

떠나와 열렬히 그러나 헛헛하여 명란 젓갈을 콕콕 집어
먹으며 나는 그 터지는 울음이 되고 싶었다 아비와 어미가
서로 등을 돌리고 코를 골던 그곳에서 아비와 어미가 달걀
을 줍고 달걀을 팔아먹던 그곳에서 닭똥을 퍼 나르던 그곳
에서 나는 이미 오래전 쫓겨난 한 그루 나무였다

닭똥 같은 똥을 싸며 푹푹 썩어 자라며 나무가 바다를
건널 수 있으면 얼마나 좋을까

나는 반짝이는 뒤통수를 바라본다 나무들의 젖은 발등
을 닦아 주는 기다리는 수건이 될까 떠나가는 뒤통수를 사
랑하는 그러나 멀고 먼 나의 고향 집 거기 익어 가는 알밤
이 될까 뿌리 내린 고향을 등질 수 없어서 나무는 배가 되
어 바다로 간다

꽃 피는 엄마

　외딴집 꽃밭에 꽃씨 뿌리고 낮술 취해 쿵짝쿵짝 네 박
자로 엄만 꽃 타령이죠 피다 피다 또 핀 꽃밭을 엄만 죄다
호미질하는데 꽃 핀 자리 부러트려 악! 꽃뼈 으깨 꽃피 흘
려 억! 꽃이빨 뽑아 꽃발가락 꺾어 소주 붓다 마시다 오줌
지리다 오월의 꽃밭에 엎어졌어요

　꽃밭의 비명이라 해얄지 꽃들의 잔치라 해얄지 외딴집
그늘이 엄마의 등짝을 훑어 내릴 때 엄만 잡풀만 놔두며
잡풀의 잎사귈 더듬으며 담배 태우며 깔깔깔 웃었어요 외
딴집 몹쓸 것들 엄만 가난한 분노를 가사 없이 잘도 불렀
어요 꽃들의 난장에 호스를 대며

　　내 외로움 못 견뎌
　　내 사람들 다 잃거든
　　술을 다오
　　술을 다오

　　에잇, 엄마 알아요
　　꽃이나 술이나 아니아니
　　취한 시절을 내게 물려줄 건가요 아니아니

51

알집을 떼 놓을 시간이에요
번식은 진저리가 날 지경이죠

잡풀은 죄다 엄마 거라고 꽃들은 엄말 알콜 중독자라 체
념했지만 그때마다 나는 바퀴벌레의 임종을 떠올렸어요

저기 가로등은 꽃도 아닌데 왜 망울로 달렸나요 나는
엄마의 꽃밭에서 춤을 춰요 왜일까요 나는 꽃들의 이름을
자꾸 까먹어요

쉰

닭똥이 왕겨 씹는 한낮이에요

컨테이너 계분이 포대에 묶여요 쉰 그루 배나무에 계분을 뿌려요 불면 불면 꺼질 외딴집에 쉰 살 여자 살고요

외딴집 마당엔 채송화가 벙어리처럼 쪼그려 있어요 벙어리도 노랠 부르고 싶어요 눈먼 여자는 무서운 영화가 보고 싶데요 달빛이 쉬었잖아요

닭벼슬 잘린 닭이 마당 풀섶에서 닭똥을 누네요 닭똥 냄새가 기어 다녀요 서러우면 외딴 밤이 무섭지 않아요

계절마다 모든 것이 변하고 변하지 않고 모든 것이 돌아오리라 믿었지만 나는 영영 외딴집에 들어가지 않았어요

벙어리 노랠 부르고 쉰 여자, 그 여자, 울 엄마

돼지

죽어도 갈 데가 없다 갈 데가 많다는 건 세상에 빈방이 많기 때문이야 열 손가락은 꼭꼭 숨은 꽃들의 이름을 외우며 손가락을 꼽았다 폈다 새끼손가락은 콧구멍을 후비며 발랄했다 설익은 만두를 씹는데 곱슬 머리카락이 당면처럼 불었다 커플링이 하수구에 빠지고 아홉 손가락은 네가 날 떠날까 봐 불안해 죽겠다며 두꺼비를 자전거 체인에 감았다 죽을 만큼 불안했으니 죽을 수밖에

아휴, 잘했어요 응급차는 다급하게 손등의 솜털을 어루만졌다 다한증 손바닥에선 땀 냄새가 났다 아가, 산 자들은 기쁜 일이 생기면 손뼉을 마주친단다 흰 가운을 입은 남자는 약지 손가락에 반창고를 돌돌 말았다 넌 평생 네몸을 긁어 먹을 팔자라며 내 뺨에 자기 턱수염을 갖다 댔다 벌벌 떠는 내게 이건 벌이야 별이야 소근거렸다

랄랄라 평생 울 줄만 알았던 돼지가 마지막으로 크게 한번 웃었다 돼지는 찰칵 한 장의 비명을 엎지르고 마을 회관 잔칫상에 올랐다 왜 비계엔 돼지털이 까끌대는지 왜 돼지의 오줌보는 구둣발에 채이는지 내가 돼지 창자에 숨으려는데 우리는 여전히 갈 데가 없단다 여자는 나부끼는

혓바닥을 깨물었다 돼지는 고인 침을 흘리며 자꾸 날 딸
이라 불렀다

자살바위에서 춤춤

어제 주운 알을 오늘 낳은 알을 내일 낳을 알을 깨지란 법 없는 달걀을 알알이 달걀판에 담으며 알의 숫자를 세며 대바늘로 열 손가락을 따며 쏟아지는 닭똥을 휴지로 닦으며 닭이 먼저냐 달걀이 먼저냐를 고민하지 않으며 가야지 유원지엘 가야지 달걀을 깨러 가야지 추락이 왜 죄인지 묻지 않으며 가야지 죄인처럼 계면조로 흐느끼는 저 여자,

알을 낳은 罪 알을 주운 罪 알에 묻은 닭똥을 커터칼로 긁어 닦은 罪 그러다 알을 삶은 罪 칠성사이다를 들이킨 罪 깨진 무릎에 파묻혀 닭 목을 내리친 罪 닭장 수도꼭지를 잠근 罪 알을 팔아먹은 罪 목숨 끊고 두 딸을 버리려 한 罪 결국 세상에 놀러 온 罪 닭장에 갇힌 게 罪라면 罪고 번지 뛰려던 게 罪라면 罪고

닭장에서 닭은 자살도 못 하니
산다는 거 그거,
자살바위에서 버티는 거라고
바닥엔 닿을 수 없는 거라고

닭똥 같은 침묵으로 몸 던지러 가야지 번지 점프대엘 가

야지 닭 창살 우그러뜨리러 가야지 청평엘 가야지 달걀 껍
질째 삼키며 목 멕히며 흐크흑 구린내 같은 울음을 뛰어
내리러 가야지 조교의 숙련된 자살 연습을 따라가야지 바
닥엘 가야지 사고사 없는 유원지엘 가야지 알 공장에 전
깃불 켜러 가야지

옥탑

변기 뚜껑을 연다
저 속 똥물이 그득하다
빗속에서 비를 맞는 너는
사람 새끼냐 짐승 새끼냐
생명선이 짧다는 게
옥탑방에선 위로가 되어
어미를 면회 한번 가질 않는다
하수구에 엉겨 붙은 머리카락
쓰레기봉투 속으로 몰려드는 파리들
우편함엔 고지서가 쌓이는데
나는 옥탑에 올라
지도를 활짝 펼쳐 놓고
묵은똥을 싼다
말일이 오면
밀린 월세를 치러 내고
나무껍질이나 뜯어먹으며 살까
바누아투, 저 먼 섬나라로
파리를 쫓아내듯
나를 쫓아낼 수 있다면
나는 영영 어미를 떠나

떠다니는 날개가 될까

뜬눈으로 맨밥을

오래 씹은 불빛들

구급차가 사라지는 쪽으로 손을 흔든다

초승달

식구 없이 식탁에 앉아 귓밥을 판다

작은 숟가락으로

한 술

두 술

먹먹한 쓸쓸함으로

누런 밥

긁는다

모기

너는 차갑고 아름다운 광대뼈로 시를 쓰고
나는 『이 時代의 사랑』을 읽는다
외로움 괴로움 그리움의 트라이앵글
뾰족한 입술로 부르는 노래
한밤 울어도 목이 쉬지를 않고
아이도 어른도 들개도 없는 하천에서
낮달이 손톱을 깎는다
왜 너의 손톱에선 개망초 맛이 나는 걸까
심장에 피통 하나 짊어지고
나는 네 청춘의 집으로 요양 간다

피어올라야 꽃이라지만

울 할매가 죽기 전에
제 꽃 한번 피워 보려
종아리에 괴저병을
허벅지에 곰팡이를
피우는 거였습니다

피어올라야 꽃이라지만
병들어 피우는 몸인지라
다리 한쪽 자르고
차마 한쪽 다리 똑같이
썩어 가는 거였습니다

피어올라야 꽃이라지만
다시 오는 봄인지라
자목련 꽃봉오리
앙다문 꽃방마다
울화통이 한창인가 싶었습니다

오래 취한 소리

승자 언니, 승자 언니, 팔월이
한쪽 눈알이 우라지게 익었어
한밤 울어도 눈동잔 젖질 않아
언니, 오늘 밤도 통째 뒤척일 작정이야?
내가 언니 오른쪽 귀빰 갈기고
언닌 내 왼쪽
우리 두 뺨 샛노랗게 멍들어 볼래?

주월리 하천엔 올해도 울음통 꺼내 씻는 소리
수면에 모기 알들이 줄줄이 달라붙고
접었다 펼쳤다 접었다 펼쳤다
모기 알들이 아코디언처럼 이상한 울음을 뿜어내
유충의 기록 혹은 사랑의 기억 억, 걱, 꺽,
기형적으로 태엽 푸는 소리 위잉,위이잉, 위이잉, 위이이
이잉잉잉잉잉잉잉잉잉잉잉잉잉……
하천이 흑빛으로 허물 벗는
오래 취한 소리

동공 헐벗고 머리 혹은 가슴 배
삼등분의 기하학적 절단

배신과 배후가 겨눌 초라함
모기가 유충을 낳고 대물림처럼
유충은 피통을 하나씩 짊어 매
마른 네 살갗을 빨아 증폭적으로 두근거려도
애아, 걱정 마 피가 펄떡대는 우리에게 욕은 사랑의 소리
모기가 까닭 없이 울음을 멈추고
난 언니의 귓불을 깨물어

모기 침이 꽂은 쓸쓸한 형국
치명적으로 귓불이 가학적으로 부풀고
난 한쪽 귓불조차 서럽게 잘라 내고 싶고
승자 언니 승자 언니이……
하천 악보를 따라 모기는 위이이이잉잉잉잉잉잉잉잉잉잉잉
잉잉잉 귓불을 핥아

살갗의 증폭적인 두근거림
언니, 걱정 마 우린 설운 미각
눈 잃고 어둠 빨아 먹은 망막이 싸늘하잖아

자, 삶은 계란 먹어

미친년끼리

제3부

천창

아직 너무 서툰 우리
천창 아래 누워
비를 맞아도
우리는 젖지를 않네
떨어지는
빗방울을 세다가
그만 우리는
한 몸으로
비가 되었네

노숙

아직 찬 사월의 태양 아래
벌거숭이로
참방대는
저 벚꽃들에게

감탄 없이
슬픔 없이
떨어져
일그러지는 법을 배운다

하얀 새 밥을 지어
유람선 갑판 위로
때마침 날아오른 새들의
작은 뺨 위로

노숙하는 한강 위로
한 술갈 두 술갈
밥풀을
떠 주고 있다

벚꽃이 벚꽃으로 날리고 있다

고드름

터미널에 도착했다
하차장 슬레이트 지붕에
적나라하게 매달린 고드름
저들의 나체를 바라보고 있다
고집스레 고스란히 견뎌 온 만큼
물고 늘어진 시간의 길이들
견디는 시간 속으로
또 다른 고독이 찾아와
고독이 자란 끝에
또 다른 견딤과
마중해야 하기에
나는 늦게 오는 애인을 재촉한 적이 없다
하나의 고드름과 하나의 고드름이 만나
고독으로 어울리는
겨울버스 겨울나무 겨울사람
온통 헐벗은 천지들
견디는 힘으로
하나의 고독으로
행인이 뚝, 끊어 버리지 않길 바라며
슬레이트 지붕에 오체투지 매달린

유난히 춥고 긴 겨울밤
고드름들 간격이 일정하다

느리게 읽기

숨어 있는 헌책방에서 『지느러미가 아름다운 사람』을 이천 원에 구입했다. 표지에 박힌 시인의 얼굴은 서늘했고 그늘을 베어 물고 있는 입꼬리는 매서웠다. 그러한 아름다움을 나는 늘 동경하고 질투했지만. 대학 학부를 마치고 장학 조교를 하던 시절이었다. 까무룩, 해가 빛을 잃는 저녁 여섯 시가 되면 나는 칼퇴근 대신 조교실 문을 잠그고 작은 라디오를 켜곤 했다. 그러면 때마침 세상의 모든 음악이 흘러나왔고 하루의 어지러움을 씻어 내곤 했다. 그리고 낮 동안 밀쳐 둔 어렵고 긴 책들을 한 줄 한 줄 공들여 읽곤 했다. 색색별로 밑줄을 긋고 오래 간직하고 싶은 구절에는 별 표시를 해 두느라 내 독서의 속도는 더디기만 했다. 나는 가끔 책장에 어지럽게 꽂힌 책들을 훑어보곤 한다. 거기엔 내 애틋한 독서의 흔적이 고스란히 남아 있다. 그 공들인 독서가 머리에 오래 남아 있지 않아 나의 독서는 거의 다 헛된 노동이라 할 수 있다. 그러나 그때 내가 문을 걸어 잠그고 아무에게도 방해받지 않는 독서를 하지 않았더라면 그 시절 나는 무엇을 할 수 있었을까. 독서를 하는 도중에라야 들판을 지나서 다리를 지나서 그때라야 비로소 아무도 모르게 살 벗어 놓고 나를 끄집어내고 있었던 건 아닐까. 나는 순찰을 도는 경비 아저씨 발자국 소리가 복도 끝자락에서 사라지면 읽던 책을 덮고 가만히 작은 창밖을 내다보았다. 그땐 이미 밤이었고 다시 돌아오지 않을 밤이기도 했으니까.

•"까무룩, 해가 빛을 잃는 저녁 여섯 시", "들판을 지나서 다리를 지나서", "아무도 모르게 살 벗어 놓고": 박인숙, 『지느러미가 아름다운 사람』, 세계사, 1993, p.35.

벽

ㅂ ㅕ ㄱ. 벽이었다. 새벽이었다. 울다 보니 새벽이 온 건지 새벽이 와 울음이 터진 건지 모를 일이었다. 새벽을 붙잡은 건지 새벽에 붙들린 건지도 모를 일이었다. 참 못났지. 어젯밤 나는 귤 상자를 잃어버렸다. 나는 귤 상자를 찾으러 새벽길을 헤집고 다녔다. 리어카에 쓰레기를 수거 중인 청소부를 붙들고 실외기 위에 놓아 둔 귤 상자를 못 봤느냐 다그쳤다. '이 상자는 수거하지 않아도 됩니다' 내가 귤 상자에 써 놓은 글귀를 읽고 청소부들은 그걸 수거해 가지 않았노라 했다. 어디로 갔나. 북적했던 시장통은 스산해지고 있었다. 군고구마를 파는 청년마저 파장을 했다. 나는 빈손으로 집으로 돌아와 피곤하게 잠든 벽을 이끌어 세웠다. 다짜고짜 따져 물었다. 벽에 발길질을 해댔다. 벽에 나를 몰아세운 건지 화를 몰아세운 건지 모를 일이었다. 울다 보면 왜 우는지 모르고 우는 경우가 허다했다. 새벽 도로를 달렸다. 빨간 신호 앞에서 엑셀을 세게 밟았다. 횡단보도를 지나려던 오토바이가 겁에 질린 크랙션을 뒤통수에 울려 댔다. 분이 풀렸다. 여전히 벽은 차가웠고 여전히 벽은 불안했다. 다음 날 잃어버린 귤 상자가 집 앞에 덩그러니 놓여 있었다. 반찬 가게 할머니가 밤중 행인이 들고 갈까 잠시 맡아 둔 거라 했다. 내 오랜 벽, 마주

보고 있지 않아 먼 데 있거나 혹은 없다고 느꼈던 벽, 나는 엄마에게 부칠 소포 꾸러미를 찾은 거였다. 겨울 양말 몇 켤레와 촌스러운 기모 레깅스와 민무늬 겨울 잠바 그리고 꽃 페인팅 목수건과 장석남의 첫 시집, 열어 보니 거기 밤새 찬기가 묻어 있었다.

화무

花無를 쓴다
꽃이 없다는 말
누구도 꽃이 아니라는 말
실은 누구도 꽃이라는 말
장미도 아니고 동백도 아닌
아무것도 아닌 모든 시절의
꽃을 쓰면서 꽃을 지운다
꽃은 저마다 다른 사정으로
누구는 이냥 피고 누구는 마냥 피고
누구는 그냥 피고 누구는 저냥 진다
그러기에 너도 나도
잘난 꽃도
못난 꽃도 아니다
내가 아는 진실은
피고 지는 꽃의 운명을
우리가 따라갈 거라는 거
망가지고 버려진 꽃들은
저가 꽃인 줄 모르고
낙담했을 것이다
떨어진 꽃을 줍는다

떨어지지 못한 자책으로
화선지를 사랑하는 사람들이
붓을 들고 조문하는 날
우리는 꽃이 아니었기에
꽃이었다고
사라진 꽃들을
볼 수 없어서
花無를 쓴다

독감

아이는 엄마가 도망갈까 봐
구두를 품다 들키고

엄마가 나간 대문 밖에서
달은 기침처럼 새어 나왔다

떨어지려는 듯
아니 단박에 떨어질 수 없다는 듯

노란 달이 노란 달이
아이의 양쪽 코에 가득 차 있었다

기러기

세탁기에서 쉰내가 난다
검은 옷의 악취는 아픈 신호다
빈 옷장에 우기를 말끔히 개어 넣고
불평 없는 해바라기와
먼 데 이민을 갈 수 있다면
왼다리 오른다리 짚고 짚어 허공이래도
빨랫줄에 양어깨를 걸쳐 메고
쉰내 나는 팬티를 말린다

감정

어제 깎은 발톱을 오늘 깎을 때가 있다
발톱을 도려내고픈 심정이
생으로 도질 때가 있다

한쪽 발을 얼굴에 바짝 들이대 보라
우린 이런 식의 자학에 익숙하지

너는 내가 자살하리라 고대했다
그러나 비극의 전모를 반죽해 발효되는 내면의 식욕
이 얼마나 관대한 공갈빵인가

곰팡이에게 들어봄 직도 하다
—얘야,
나의 감정은 번식용이란다

죽을 떠먹여 주는 수저와
뽑을 때마다 자리를 채우는 하얀 티슈와
봉지에 담긴 알약들

내 키보다 긴 병상에 누워

사람들과 너무 멀지 않은 강가에서
내 사랑의 그 흔한 시를 쓰련다

슬픔의 총량

　슬픈 일이 많았다 그 친구의 연락을 받았습니다 아주 오
랜만이었습니다 그 슬픔 나누고 있었지 나는 짧게 답했습
니다 나는 친구의 연락을 받고 나의 슬픔을 꺼내 보는 중
입니다 그리고 그 친구의 슬픔 옆에 잠시 누워 보는 것입
니다 그 슬픔이 무언지도 모르면서 그 친구의 슬픔 옆에
나의 슬픔을 더하고 있습니다 오랜 시간 얼굴을 보지 못
해도 슬픔은 어떻게든 곧 만나자 말하기 때문입니다 곧이
라 말하면 우리는 곧 만날 수 있을 것만 같습니다 맥락 없
이 새 옷을 곱게 차려입고 말입니다

미역국

　사랑하기 때문에 사랑한다는 말은 기꺼이 사양할게 축하하기 때문에 축하한다는 쓸데없는 감탄은 기꺼이 멈출게 내가 없는 이곳이 아니라 당신이 없는 그곳으로 내가 떠난다는 걸 잊지 말아 줘 그러면 슬퍼하거나 우울을 손꼽을 손가락들도 없겠지 가방을 메고 찢어질 염려가 없는 공장 가방을 걸머메고 어디든 나를 벗어나길 바래 가게를 걸어 잠그고 끊어진 손님 발길에 조바심해 할 필요도 없고 지겨운 책 한 권을 들고 가장 아름다운 방식으로 당신의 삶을 떠나 보길 바래 이렇게 말하자니 오래 멀리 떠나는 심정으로 쓰는 이 글이 우리의 관계가 꽤나 진지하고 우아하다는 생각이 드네 두 달 간 내 삶의 온도와 색깔이 당신의 이곳과 아주 다르게 흘러가겠지 나는 좋아 우리가 다른 길을 가고 있다는 게 어쩐지 야비하게 좋아 이 책은 내 것이고 이 가방은 당신 것이야 어쩜 당신이 찾았던 환상의 가방이야 이 파란 이미지는 이제 당신의 어깨이고 노트야 내가 없는 동안 이제 당신의 등을 위로해 줄 아주 착한 가벼움이 될 거야 당신의 가려운 등을 긁어 줄 파란 손, 미역, 미워하기 때문에 미워하는 미역국은 끊이지 않을게

입덧

이 세상은 입덧의 쓴물로 피어나고 태어나고 산란한다

해동하는 몸, 봄이라 부를까

금강변에 엎드려 헛구역질을 한다
빈속을 게워 내다
땅에 고개를 묻는다

나와 마음이 강둑에 처박혀 나란히 울던 나날들
삶을 부정하는 독서법을 배우면서

나는 단 한 번도 땅을 품어 본 적 없었다

봄이 올 때마다 기쁘지 않았다
해마다 죽은 척
내 몸은 피어오르지 않아서

나는 단 한 번도 강물과 하늘을
내 것이라 여겨 본 적 없었다

금강변에 엎드려 헛구역질을 한다
빈속인 줄 알았는데
사방 푸른 토사물들

저 먼 데 구름이 부드러운 배냇저고리로 펄럭이고
이 생의 첫 바람인 듯
첫해를 쐬고 있는 싹들이
옹알옹알하는 이 봄

나는 봄이 하자는 대로
아랫배에 두 손을 감싸 얹고
맨 바람이 가자는 데로
나의 발끝은 사분사분 순해지고

결합과 분열과 소멸과 확장이라는 말은
이제 나로부터의 사건이다

나는 봄을 낳아야겠다

통돌이

호스피스 병동은 10층 꼭대기였다

1층에서 10층으로 오르는 동안

엘리베이터에선 후추 향이 났다

3인실에서 1인실로 옮겨지고

엄마 목수건을 마지막으로 빨던 날

엄마의 유일한 재산

더는 돌지 않는 통돌이를 닦았다

출장 기사는 끊어진 벨트를 갈려고

새 부품을 들고 왔다

고장이 나야

고장인 걸 알았다

회전목마

나무가 된다는 건 대단한 일이야
호스피스에서 엄마가 말했다
떨구는 몸을 닮아야 하기 때문이지
떨어지는 산소 포화도가 말했다
그건 뒷굽이나 동전 가령
지우개 똥 같은 데
마음을 쏟는 일이야
향이 재가 되면서 말했다
나무는 비명을 지르지 않아
숲은 혼자 울지 않기 때문이지
오동나무 관 뚜껑을 닫으며
울면서 상주가 말했다
죽은 몸보다 위태로운 건
한없는 외로움이지
남은 문상객이 말했다
참 뜨거운 인생이었어
불타면서 오동나무가 말했다
밥! 밥! 밥!
배고픈 딸이 울었다
딸이 우니까 젖이 돌았다

납골당 한여름 속에서
이파리들이 벗나무를
쪽쪽 빨아먹고 있었다

관점

배고픈 감정 배고픈 사회 배고픈 언어 배고픈 관계
어느 것 하나 제 배를 완벽히 채운 적 없는데
개념들의 배가 산만해지고
개념들의 배꼽이 튀어나오고 있다

인생이랄 게 뭐 별수 있나
주는 대로 받아먹고
주는 대로 받아 적고
주는 대로 죽으면 끝이지

굶주림을 잃어버린 동물원의 조는 사자에게선
더 이상 피 냄새가 나지 않는다

그것이 살기를 포기했다는 말이 아니라는 걸 안다
우리 안은 안전하고
우리 밖은 넘보지 않겠다는 말

야생을 잃어버린 사자는
뚱뚱해져 갈 것이다

개념의 세계는 콘크리트가 아니라서
그것은 얼마나 쉽게 무너질 수 있는가
설령 콘크리트로 지었다 하더라도
그것은 무너질 가능성도 지었단 말이 아닌가

사자는 피 냄새를 그리워할지 모른다
이빨의 쓸모와 네 다리의 목적을 상실하지 않으려
굶주림을 잃어버리지 않으려
사자는 단식투쟁 중일지 모른다

사자의 졸음에 손가락질을 거두고
조는 사자를 다시 바라보면서
나는 정글 버스 안에서

별안간으로
그럴지도 모르니까
그럴지도 모른다고 쓰면서

오늘 나의 감정과 사회와 언어와 관계는
몹시 완벽했다

광화문 꽃집

꽃이 한창입니다

꽃이 총이 아닌 까닭에

우리는 얼마나 무사합니까

핀 자리와 진 자릴 노래하다

피는 꽃은 다시 피는 꽃이라고

봄이 가고 봄이 가고 봄이 가고 봄이 옵니다

삼청동 연가

갈 곳을 모를 땐 잠시 쉬어 가렴

우리는 서로의 갈 데가 되어
우리는 서로의 이웃이 되어
우리는 서로에게 말을 거네

난 빨간 벽돌집 3층에서 하우스메이트와 살아
낮에는 도서관에서 젊은 시인의 시집을 읽고
밤에는 레스토랑에서 기름진 접시를 날라
어느 것도 돈 되는 일은 아니지만
아무것도 하지 않을 수 없는 나이니까

서로를 마주 보며
서로를 춤추며
우리는 서로의 그림자를 보았네
우리는 서로의 그림자를 만지네

초인마냥
촛불인마냥
공원을 날아다니며

꿈을 꾸며
꿈속에서

짝짝짝
짝짝짝

사랑은 무어라
말할 수 없는 지경에서
우연히 만나고
우리는 서로의 그림자마냥
우리는 서로가 서로인마냥

까만 분꽃 씨앗이
사진관 화단에 싹을 틔웠다네
우리는 서로를
축하하며

호오—

갈 곳을 모를 땐 잠시 쉬어 가렴

우리는 서로의 갈 데가 되어
우리는 서로의 이웃이 되어
우리는 서로에게 말을 거네

짝짝짝
짝짝짝

부부 의자

밥을 짓기 위해 올려놓은 가스 불 세기를
강에서 중으로 중에서 약으로 조절하면서
포실포실 쌀알이 익어 가는 동안
밥 냄새가 집 안으로 퍼지는 동안
뜸을 들이는 속도에 맞춰
국을 데우고 생선을 굽고
숟가락과 젓가락을 그 앞에 두면서
천천히 먹으라고 꼭꼭 씹으라고
물건을 파느라 마음을 참느라
돌아오느라 애썼다고
밥그릇이 비어 갈 때까지
수저를 놓을 때까지
온기는 그 자리를 떠나지 않습니다

엄마 이제 그만 가

잠이 들 때마다
죽은 엄마가 나타났다

엄마 그만 가
떠돌지 마
이 땅의 빗줄기는 날카로워
아무렇게 비를 맞고 있는데
상처가 없는데
모두 울고 있어

따라오지 마
어차피 엄마는 감당 못할 날씨였어
이 땅에 오래 머물지 못한
꼬불거린 머리채와 암 덩어리는
스스로에게 항변한 복수였으니
이룬 꿈이 되었으니
아무도 탓하지 마

수잔 잭슨의 에버그린을 들을 때마다
눈물이 나오는데
술주정뱅이

거렁뱅이
나는 이 모든 초록들이 가여워

뿌리에 닿은 흙마저 앙칼지게 붙들지 못하는
그 길지 않은 손톱들이 가여워

나는 엄마의 딸로 태어나
시인의 딸로 자라고 싶었지
이 땅에 비가 쏟아지면
서로가 서로에게 닿고 싶은데
어떻게 닿을지 몰라
차갑고 날카롭게 흩날리는
그런 시를 마구 써 대는

엄마는 이제 자라기를 멈춘 나무들 사이에서
하얀 입술과 샛노란 머리칼을 한 채
춤을 추고 있어
활짝 뜬 눈으로
엄마 이제 그만 가

눈을 감으면 소름처럼
임종 냄새를
감은 속눈썹에서 갈피를 잃고
흐르기를 멈춘 눈물을 나는 잊지를 못해

같이 가자고?
내가 왜 엄마를 따라가
죽어서라도
죽음이라도 살아 봐

향초를 피울게
잠잠히 자장가를 불러 줄게
아기처럼 잠이 들어
아가, 괜찮아 괜찮아
잠깐 생이라는 나쁜 꿈을 꾼 거뿐이야
이제 코하자,
아가

공동체의 일상 속에서
조용한 심장을 뛰게 하는 은유

아무런 보상도 없는데 사람들은 왜 꽃을 샀는가?
그러나 그런, 그런, 그런 것을 위하여서
―폴 엘뤼아르, 「고통의 도시」

기혁(시인·문학평론가)

1.

시와 관련한 몇 가지 풍문을 떠올려 보자. 언어가 추상화되기 전, 꽃을 부르면 그대로 꽃이 피고 향기가 코끝을 스치는 시절이 있었다고 한다. 아무도 가 본 적 없고, 아무도 기억할 수 없지만 이따금 시어 속에 스며들어 봄날의 아지랑이처럼 휘발하곤 했다고 한다. 언제부터 지구상에 머물렀는지 모를 인류의 핏줄 속에서 '태초'라는 느낌만으로 머물렀다고 한다. 그러므로 시인은 지각할 수 있는 것과 없는 것의 판단이 불가능한, 지각 너머의 무엇을 가져오려는 자였다고 한다.

풍문으로 운을 떼었지만, 사실 앞서 열거한 문장들은 불분명하다. 절대적인 언어와 일상 언어의 이분법적 구분은 이미 우리의 지각 범위 내에서 작동하기 때문이다. 가닿을 수 없는 대상을 떠올리는 순간, 이미 그것의 부재를 지각한 것이다. 그리고 '부재를 지각하는 지각'의 순간부터 지각 너머의 '그 무엇'이라고 여겨진 것이 도래하기까지 연속적인 시간이 흐른다. 때때로 '산고(産苦)의 시간'으로 은유되는 창작의 시간은 일상적인 시간과 다를 바가 없는데, 분명한 시작과 끝을 지니기 때문이다. 엄밀하게 무(無)에서 유(有)를 만드는 시간이라면 우리는 그 시작도 끝도 떠올릴 수 없을 것이다. 까닭 없이 적어 내려간 그 무엇은 시(詩)도 비시(非詩)도 아닐 것이며, 그저 우연의 겉옷에 감싸인 잉크 자국에 불과할지도 모른다.

하지만 위에서 언급한 내용은 불충분하다. 시적 형식이 존재하지 않는다면 시도 존재하지 않는다. 시인은 시적 형식을 아는 자로 간주되지만, 언제나 자신이 아는 형식을 허물어트리면서 새로운 시를 소망한다. 불가능한 태초의 언어를 욕망하면서도, 욕망의 낌새가 드리우는 순간 시인은 그것을 내팽개친다. 드러난 욕망은 더 이상 욕망이 아닌 까닭이다. 시적 형식은 시인 자신도 알 수 없는 욕망의 차원으로 그를 이끄는 것이고, 그러한 경우 시는 지각할 수 없는 것을 표현한다기보다, 표현함으로써만 찾아오는 뜻밖의 '그 무엇'을 찾는 형식에 가깝다.

어떤 시인은 자신이 누구인지, 자신이 쓰는 것이 무엇인지 잘 알고 있다. 시(詩)도 비시(非詩)도 시인 자신에게는 한결같은 시적 형식 안에 놓인다. 다만 그는 절대적 진실만큼

이나 확신할 수 없는 것들을 붙잡기 위해 고심한다. 확신할 수 없는 것을 붙잡아야 하기에 그에겐 정해 둔 할 말이 없다. 우연의 겉옷에 감싸인 잉크 자국 앞에 이르러서야, 시인은 하고자 했던 말이 무엇인지 알아차린다. 시인은 언제나 사랑과 슬픔 따위를 노래하지만 사랑의 시작법이나 슬픔의 시작법은 개별적으로 존재하지 않는다. 모든 것은 사후적으로 명명될 뿐이다.

2.
한 번쯤 시의 풍문을 접해 본 독자라면 박송이의 첫 시집 『조용한 심장』에서 조금은 다른 풍경을 마주했을 것이다. '첫 시집'이 품고 있는 진정성과 패기 어린 상상력에도 불구하고 그의 시집에는 언어 이전의 세계에 대한 동경이나, 진입이 실패한 이후의 좌절과 허무가 선사하는 극단의 진술 등이 드러나지 않는다. 시인은 언어 너머의 대상을 꿈꾸고 동일성의 원리에 따라 발화하는 것이 아니라, 단지 "수사적으로 너에게 빠지고 싶다"고 고백하기 때문이다.

수사적으로 너에게 빠지고 싶다
너에게 한 땀 한 땀 수를 놓는다
너는 밑그림 없는 그림
아주 예쁘게 천천히 우리는 모래로 가자

공중을 잃고 잃어버리고

새까맣게 말라 가는 너는 나의 구심이다
바다는 더 이상 술이 아니다
바다는 물이 아니다
바다는 돌이거나
흙이거나 달이거나
사막이거나 사막이다

(중략)

바다사막에 수국이 피었다
나는 그 수국이 되거나
한 잎 한 잎 떠가는 물나방이 되거나
—「바다사막」 부분

　"한 땀 한 땀 수를 놓는" 치열한 시작(詩作) 과정은 여느 시인들과 다를 바 없겠지만, 그의 시작은 "밑그림 없는 그림"에서 출발해 "아주 예쁘게 천천히 우리"가 "모래로" 흩뿌려지는 그 순간 붓을 놓는다. 이 기묘한 자수화(刺繡畵)에서 "바다"로 명명된 대상은 "더 이상 술이 아니"고 "물이 아니"며, "돌이거나/흙이거나 달이거나/사막이거나"(처음 명명했던 "바다"가 본디 "바다"가 아니었다는 의미에서) 다시 "사막"이 된다. 유사성의 원리에 따라 "바다"와 겹쳐져야 할 은유의 대상은 "모래"처럼 흩어져 버리고, "바다" 역시 기표로만 놓여 있을 뿐 일반적인 기의로 이해되기 어렵다. 작품의 후반부에 이르러 "바다"는 "바다사막"으로 재차 명명되지만, 그것이 해양생태계가 무너져 사막화된 "바다"를 의미하는 것인지, 아니면 "바다"와 "사막"이 접하고 있는 지리적 특성을 가리키는 것인지 알 수 없다.

분명한 것은 "바다"와 "사막"이 일반적인 정의와 관계없이 동시에 호명되었다는 점이고, 그에 따라 시적 화자도 "수국이 되거나/한 잎 한 잎 떠가는 물나방이 되"어 끊임없이 변화한다는 사실이다. 이러한 시적 상황은 시인의 지향점이 은유의 대상들로 하여금 발화하도록 하는 데 있지 않다는 걸 의미한다. 시인에게 이 세계는 함께 바라볼 "공중"이 부재하는 곳으로 인식된다. 동일자가 될 수 없는 주체("나")와 객체("너")가 "새까맣게 말라 가"면서 서로의 "구심"으로서 상대방을 존재하도록 하는 곳일 따름이다. 가령 "바다"로서 말한다는 것은 타자에 의해 제한된 "바다"를 (재)확인하는 작업이며, 이때 발생되는 은유는 제한된 부분일 뿐인 "바다"가 마치 온전한 주체인 것처럼 말한다는 환상을 동반한다.[1] 그러한 은유를 통해 "바다"는 어떤 말도 할 수 있

---

1 레비나스의 타자 이론에 영향을 받은 프랑스의 작가 겸 철학자 알랭 핑켈크로트는 말하는 '나무'가 결국 자신이 가진 것들로 '나무'를 초월할 수 없음을 비유하며, 자기동일성의 원리가 범할 수 있는 문제점을 다음과 같이 지적한다. "말은 자기 자신을 인간이라고 생각하고 있는 식물의 특성이다. 자기는 말을 하고 있다는 환상을 품고 있지만, 자기의 정체를 드러내는 말을 할 뿐인 나무들의 특성이다. 말을 함으로써 사람들은 자신으로부터 탈출하지 못하고, 스스로를 알린다. 인간은 결코 지상으로 날아오를 수 없고, 이념의 천공에 오를 수 없으며, 자기의 뿌리를 남에게 보여 줄 뿐이다." 알랭 핑켈크로트, 『사랑의 지혜』, 권유현 역, 동문선, 1998, p.103.

겠지만 그것이 타자인 한, "바다"는 "바다"가 가진 것들로 말할 수밖에 없다. "바다"가 가진 고유하고 절대적인 무엇이란 결국 타자의 특성(제한)을 좇아 생성된 것에 불과해진다.

은유의 대상들이 낸 목소리를 부재하는 '신의 눈짓'으로 추앙해 온 강박을 잠시 내려놓는다면, 우리는 박송이가 제시하는 시적 상황이 주체의 분열이나 자폐와는 다른 방식으로 작동하고 있음을 알 수 있다. "더 이상 술이 아니"고 "물이 아니"며, "돌이거나/흙이거나 달이거나/사막이거나 사막"인 "바다"는 언뜻 도구화된 언어로서의 "바다"를 넘어서기 위한 "수사"처럼 보인다. 하지만 이 "수사"는 균열된 현대의 삶에서 불가능한 태초의 세계로의 진입을 욕망하기보다, 타자에 의해 제한된 대상을 부정하는 "수사"에 더 가깝다. 은유의 대상들이 목소리를 내기도 전에, 시인은 그것을 부정하고 다른 대상을 호명한다. 그러한 연쇄의 토대 위에서 시적 화자인 "나" 역시 "수국이 되거나/한 잎 한 잎 떠가는 물나방이 되거나" 확정되지 않은 열린 결말의 은유를 지속하게 된다. 제목인 "바다사막"이 지시하는 바와 같이 시인이 바라본 대상은 "바다"의 속성으로도 "사막"의 속성으로도 규정할 수 없다. 그것은 "바다사막"이라는 "수사적" 차원에서만 어렴풋이 드러날 뿐이다.

일반적인 "수사"가 시적 형상화의 과정에서 좀 더 치밀하고 자연스러운 은유를 마무리하기 위한 탁마의 결과물을 가리킨다면, 박송이의 "수사"는 그 자체로 시적 형식을 구축하는 본질적인 부분에 해당한다. 타자의 얼굴을 드러내는 것도, 그러한 타자를 통해 형성된 자신의 얼굴을 드러내는 것도 불가능할 때, 사랑의 감정 역시 그 실체를 종잡을 수 없을 것이다. 언제나 과거형으로 회상될 뿐이며, 인과를 찾아낼 수도 없다. 알 수 없는 삶이 그러하듯 "우리가 한때 사랑했던 페이지를 펼치면/거기엔 갖가지 기생의 흔적이 새겨져 있"(「장마」)는 사후적 결과만이 남는 것이다.

그럼에도 타자와의 불가능한 사랑은 이미 공동체 내부에서 실현된 것으로 간주되는데, 이때 동원되는 것이 바로 (온갖 역경에도 불구하고) '마침내 두 사람은 아이를 낳고 행복하게 잘 살았습니다'와 같은 "수사적"인 문장이다. '다정한 부부'와 '좋은 부모'가 '행복'하게 살아가고 있는 일상의 "수사"가 유토피아처럼 버티고 있는 한, 시인의 대결과 호소 역시 "수사적" 차원에서 이루어질 수밖에 없는 것이다.

당연한 얘기겠지만, "수사적으로" 타자에게 "빠지고 싶다"는 시인의 고백은 단순히 '겉멋'에 치중한 시작(詩作)을 의미하지는 않는다. 시인의 등단작이기도 한 「새는 없다」에서 드러나다시피, 시인의 상상력은 시작 초기부터 현란한 수사와 감정의 과잉으로 이어지기보다는, 절제와 거리 두기를 통해 "수사적으로" 예정된 세계와 타자성에 대한 진지한 고민으로 나아간 듯하다.

　　우리의 책장에는 한 번도 펼치지 않은 책이 빽빽이 꽂혀
　　있다

15층 베란다 창을 뚫고 온 겨울 햇살
이 창 안과 저 창 밖을 통과하는 새들의 발자국
우리는 모든 얼굴에게 부끄러웠다

난간에 기대지 말 것
애당초 낭떠러지에 오르지 말 것

바람이 불었고
낙엽이 이리저리 굴러다녔다
우리는 우리의 가면을 갖지 못한 채
알몸으로 동동 떨었다

지구가 돌고

어쩐지 우리는 우리의
눈을 마주 보지 않으면서
체위를 어지럽게 바꿀 수 있었다
우리는 우리의 멀미를 조금씩 앓을 뿐

지구본에 당장 한 점으로
우리는 우리를 콕 찍는다
이 점은 유일한 우리의 점

우리가 읽은 구절에 누군가 똑같은 색깔로 밑줄을 그었다

새들은

위로 위로

날아

우리는 결코 가질 수 없는

새들의 발자국에게 미안했다

미끄럼틀을 타는 동안

우리의 컬러링을 끝까지 듣는 동안

알몸이

둥글게 둥글게

아침을 입는 동안

우리의 놀이터에

정작 우리만 있다

—「새는 없다」 전문

"15층 베란다 창을 뚫고 온 겨울 햇살"로부터 "이 창 안
과 저 창 밖을 통과하는 새들의 발자국"을 포착하는 놀라
운 상상력을 통해 시인은 "수사적"으로 확정된 공동체의 내
부와 외부를 가로지른다. 이 세계는 '태초에 빛이 있으라'라
는 말씀으로부터 창조되었고, 그 빛은 여전히 "겨울 햇살"
로 남아 있다. "겨울 햇살"로부터 은유된 "새들"은 태초에
창공을 날아다니던 기억을 간직한 언어이지만 현실 속에서

그것은 부재한다. 공동체를 인식하는 순간 그것들은 언제나 "새들의 발자국"으로만 호명될 따름이다.

"한 번도 펼치지 않은 책이 빽빽이 꽂혀 있"는 공동체의 내부는 아직 읽히지 않았다는 의미에서 가능성의 세계이지만, 동시에 '처음-중간-끝'으로 확정된 텍스트를 벗어날 수 없다는 의미에서 허위의 유토피아이기도 하다. 따라서 허위의 유토피아를 은폐하고, 언제든 "수사적"으로 실현될 수 있는 가능성의 세계를 유지하기 위해선 내부적 규율인 법이 요구된다. 널리 알려진 푸코의 논의를 빌려 본다면, "난간에 기대지 말 것/애당초 낭떠러지에 오르지 말 것" 등의 인위적인 규율은 지각 범위 너머의 시선을 금지하는 한편, 그것에 합리성을 부여한다. 개인은 이성적 판단에 의해 위험한 "난간"과 "낭떠러지"를 사유할 수 없는 일상을 살면서도, 공동체의 규율 권력이 작동함에 따라 기획된 삶 자체를 "바람이 불"면 "낙엽이 이리저리 굴러다"니는 자연의 일부처럼 받아들이는 것이다.

그런데 시인의 고민은 단순히 공동체와 개인의 소외에 국한되지 않는다. 만약 공동체 외부를 규율 권력이 작동하지 않는 영역으로 간주한다면, 그곳에선 주체와 타자의 불가능한 '사랑' 역시도 더 이상 "수사적"으로 실현되지 않는다. 주체와 타자의 구분은 공동체를 전제로 한 것이고, '사랑' 역시 그러한 타자성을 극복하려는 불가능한 가능성으로 빛나는 것이기 때문이다. 공동체의 규율 너머에서 타자의 "가면"을 벗어던질 때, 너와 나의 구분은 사라지고 "모든 얼굴에게 부끄러"운 "우리"라는 일인칭 대명사만 남게 된다. 결국 이러지도 저러지도 못한 상황에서 "우리는 우리의 가면을 갖지 못한 채/알몸으로 동동" 떨거나, 이성의 작동을 잠시 정지시키고 서로의 "눈을 마주 보지 않으면서/체위를 어지럽게 바꿀 수 있"을 뿐이다. 그러한 '사랑'은 "가면"이든 '맨 얼굴'이든 서로의 얼굴을 바라보지 않는 '사랑'이다. 비록 그것이 "지구본에 당장 한 점으로"서 "우리를 콕 찍"은 "유일한" '사랑'의 방식이라 할지라도 너와 나에겐 어떠한 변화도 일어나지 않는다. "우리"만 남은 "놀이터"에서 권태가 선사하는 "우리의 멀미를 조금씩 앓을" 수 있을 뿐이다.

바로 여기서 시인이 가진 문제의식이 드러난다. "저 창밖"에 이르러서야, 너와 나는 "수사적"인 '사랑'이 실현된 공동체 내부의 환상, 즉 "우리가 읽은" 것으로 예정된 "구절"을 떠올리기 때문이다. "한 번도 펼치지 않은 책"에 "누군가 똑같은 색깔로 밑줄을" 긋는 허위의 유토피아는 공동체 내부에서는 물론 외부에서도 여전히 욕망의 대상으로 남는다. 왜일까? 이 세계는 공동체의 내부와 외부를 구분하기 이전부터 '태초에 빛이 있으라'라는 말씀으로부터 창조되었다. 하지만 "겨울 햇살"로부터 은유된 "새들"은 태초에 창공을 날아다니던 기억을 간직한 절대적인 언어가 아니라, 그렇게 간주된 "수사적" 언어일 뿐이다. 공동체 외부에서도 "우리"는 "겨울 햇살"의 따스함을 느낄 수 있지만 "새들"을 욕망할 수 없는 것이다. 제목이 지시하는 바와 같

이, "결코 가질 수 없는/새들의 발자국"만을 욕망하고 그
과정을 "미안"해한다. 태초의 세계에 대한 시인의 회의는
아이러니하게도 가닿을 수 없는 실재가 바로 눈앞에 놓여
있기 때문에 발생한다.

3.

  박송이에게 시인이란 꽃을 부르면 그대로 꽃이 피고 향
기가 코끝을 스치던 시절을 마냥 그리워하는 '풍문' 속 존재
가 아니다. 우리는 타인의 언어로 말할 수밖에 없고, 정작
그 언어는 타자의 부재를 전제로 한다. "지금 나는 없는 당
신을 연습하는 중"(「스트로크」)인 시인에겐 상상조차 어려운
태초의 언어를 염두에 두기에 앞서, 바로 옆에서 침묵하고
있는 타자가 문제시되는 것이다. "여러 편의 시를 쓰고 싶
었다/반짝반짝 아름다운 암실 속에서"(「메이킹 포토」)라고 고
백하는 시인의 욕망은 '태초의 빛'이 아니라 언제나 빛보다
앞서는 '이전의 어둠'을 향하는지도 모른다.

  그럼에도 시인의 풍문이 출몰하는 공동체 역시 엄연한
현실이고, 풍문을 전달하는 사람들(타자)의 인식도 급작스
럽게 만들어진 것이 아니다. 타자는 '지금 여기'에 부재하지
만, 끝끝내 자신들도 모르는 풍문 속 시인을 만들어 내고야
만다. 결국 시인은 타자의 부재를 부정하는 대신, 우리가
사는 공동체 내부에서 어떻게 타인의 부재를 삶의 조건으
로, 사랑의 조건으로 받아들일 수 있을지를 진지하게 고민
하는 것이다. 인용한 「머리카락」을 살펴보면 그러한 고민의

내용이 한층 선명하게 드러난다.

꽃이 피고 꽃이 지고 연잎이 돋아
다 아는 눈빛으로 봄이여, 세상을
바라보지 마라 뒤돌아 아무도 희망치 마라
어차피 밑지는 사랑을 할 시간

무심결에 무심코 떠난다 할지라도
천둥 번개의 마음으로
이제 아픈 데 한 군데는 콕 찍어 말할 나이
잃을 게 없는 가로수는 더디 자란다

아주 지독한 냄새를 맡으며 오래된 동굴로 울며
한나절 한 개 상처를 반반 나눌 수 있을까
너의 발자국과 나의 발을 창에 걸어 놓고
너의 시를 나의 노트에 베껴 쓴다

언제쯤 나는 천둥처럼 울 수 있을까
중이 되고 싶다 말하면
중이 될 수 있을까

검은 눈물 흘리는 한 사내를 사랑했었다
아픈 데 모르고 아프던 네 아픔조차 새파랗게 질투하며
너라는 방 하나를 집 짓던 그 거짓 같던,

내 꿈의 주인공이 너였던 적 있니?

우리가 오래 입 맞추던

비린내 같았던 그날들이

거짓말처럼 죽지도 않는다

—「머리카락」 전문

　공동체가 부여한 "사랑"은 허위의 유토피아를 (재)생산
하는 "수사"이면서, 이미 이루어진 "밑지는 사랑"이다. 그
것이 지속될수록 "어차피 밑지는 사랑을 할 시간"의 총량이
늘어나는 결과를 가져올 뿐이다. 시적 화자인 "나"를 포함
해 타자의 영향을 받는 모든 대상들은 "한나절 한 개 상처
를 반반 나눌 수 있을까" 자문하게 되는데, 왜냐하면 그것
은 오롯이 주체의 것이 아니기 때문이다.

　이루어질 수도, 파국을 맞이할 수도 없는 "밑지는 사랑"
앞에서 시인은 "다 아는 눈빛으로 봄이여, 세상을/바라보
지 마라 뒤돌아 아무도 희망치 마라"는 깊은 회의를 드러
낸다. 더구나 공동체의 '풍문'이 부여한 시인의 모습과 그가
사용해야 할 언어 등은 이미 "수사적"으로 예정되어 있다.
"다 아는 눈빛으로 봄"을 보는 견자(見者)로서, 혹은 불가능
성의 가능성을 신봉하는 자로서의 모습은 쉽게 바뀌지 않
는다. 그는 "천둥 번개의 마음"을 가졌지만 "천둥처럼 울 수
있을까"를 고민해야 하는 존재이며, 그러한 고민이 무색할
만큼 "너의 시를 나의 노트에 베껴" 쓸 수밖에 없는 존재이

다. 공동체 내부의 '풍문'이 퍼져 나갈수록, 시인은 말(言)로 지은 사원(寺)에서조차 "중이 되고 싶다 말하면/중이 될 수 있을까"를 고민해야 하는 것이다.

그런데 "사랑"의 대상인 "너"를 호명할수록 점점 더 "너"를 모르고 "너"의 빈자리가 부각될 뿐이라면, 모든 호명과 은유는 그 대상과 무관한 것이 되고 만다. "사랑"에 빠진 "나"는 공동체의 모든 대상으로부터 "너"를 떠올릴 수 있고, 바로 눈앞의 "너"를 보는 동시에 부재하는 "너"를 추억할 수 있다. 공동체의 규율이 작동하는 모든 것들이 "나"에게는 "너"를 환기하는 은유의 대상인 것이다.

때가 되면 잘라야 하는 "머리카락"은 "너"와 무관하지만, "사랑"의 은유는 머리 색처럼 "검은 눈물 흘리는 한 사내"로 보이도록 만든다. 일상의 규율 속에서 의심 없이 잘려 나가던 대상은 "아픈 데 모르고 아프던 네 아픔조차 새파랗게 질투"하도록 시인을 이끈다. "머리카락"은 분명 "사랑"의 대상이 아니었고, "너"와의 유사성도 지니지 않는다. 하지만 단 한 번도 "내 꿈의 주인공이 너였던 적"이 없었다면 "너라는 방 하나"의 은유는 애초에 주인이 없었다는 '진실'을, 애타게 주인을 기다린다는 "거짓"으로 뒤바꾼다.

그러나 여기서의 "거짓"은 진실의 은폐가 아니다. 그것은 공동체의 어떤 방문객도 주인으로 인정하지 않겠다는 의미에서 영원한 "거짓"이다. 그러한 "거짓"은 우리가 전 생애를 바쳐 "너라는 방"의 주인을 생각하고 표현하도록 행동을 촉구한다는 점에서 삶을 연장시킨다. 기실 우리의 일상은 "애인이 떠난 방에서//꽃이 피면/꽃이었으니까"(「메이킹 포토」)라고 말할 수밖에 없다. 그것은 명백한 사실이고 누구도 의심할 수 없는 문장이다. 하지만 그러한 사실이 우리의 삶을 연장시켜 주길 바랄 때, 그 모든 방문자들은 다시금 방문을 열고 되돌아가야 한다. 시인에게 진실은 바로 이 두 번째 열림과 함께 "거짓말처럼 죽지도 않"고 걸어 나오는 것이다.

그렇다면 우리는 다음과 같이 질문해 볼 수 있다. 시인에게 공동체가 극복의 대상이 아니라 삶의 조건이라면 그는 무엇을 적어야 하는가? 그저 눈에 들어온 대상들을 초조하게 바라보면서 불가능한 유사성을 떠올리는 것으로 족한 것인가? 이러한 질문들은 이미 대답을 확정 지은 것이다. 공동체가 상상한 시인이라면 문학사에 등재된 수많은 시인들이 그러했던 것처럼 저항, 혁명, 낭만, 실패한 혁명가, 소시민, 고독 등의 키워드들을 조합해 아포리즘적인 문장을 제시할 것이기 때문이다. 시인은 이분법적 사고를 하는 자가 아니기에 그의 대답은 공동체를 부정하지도 긍정하지도 않는 무한한 해석의 영역에 위치한다.

그런데 태초의 세계를 꿈꾸고, 추상화 이전의 언어를 갈망하는 시인의 모습은 정작 그의 절대적 자유를 박탈할 수도 있다. 가령 '지금, 여기'의 시인들이 공동체가 상상한 어떤 모습으로부터 벗어나고자 한다면, 그들은 공동체의 예상대로 저항의 몸부림을 보여 주거나 실패의 슬픔을 고백하는 것 외에 달리 여지가 없다.

굶주림을 잃어버린 동물원의 조는 사자에게선

더 이상 피 냄새가 나지 않는다

그것이 살기를 포기했다는 말이 아니라는 걸 안다

우리 안은 안전하고

우리 밖은 넘보지 않겠다는 말

(중략)

사자는 피 냄새를 그리워할지 모른다

이빨의 쓸모와 네 다리의 목적을 상실하지 않으려

굶주림을 잃어버리지 않으려

사자는 단식투쟁 중일지 모른다

사자의 졸음에 손가락질을 거두고

조는 사자를 다시 바라보면서

나는 정글 버스 안에서

별안간으로

그럴지도 모르니까

그럴지도 모른다고 쓰면서

오늘 나의 감정과 사회와 언어와 관계는

몹시 완벽했다

　　인용한 시편에서 시인은 그러한 문제의식을 드러내고 있는데, 시인이 욕망하는 것은 "굶주림을 잃어버린 동물원의 조는 사자"가 잃어버린 것이 아니기 때문이다. 더구나 "더 이상 피 냄새가 나지 않는" 길들여진 "사자"는 외부의 대상(타자)으로서 시인과 동일자가 될 수도 없다. 다만 시인은 "우리 안은 안전하고/우리 밖은 넘보지 않겠다는 말" 자체, 공동체의 규율에 따라 움직일 수밖에 없는 언어적 특성을 드러낸다.

　　공동체의 규율이 '시인'에게 적용될 때, 그는 공동체 내부의 언어로써 재현 불가능한 대상을 말하는 자가 된다. "우리 안"은 단순히 공동체의 규율에 억압된 일상이 아니라, 공동체의 상상이 미치는 영역이다. 언어로써 재현 불가능한 대상을 말한다는 것은, 이미 공동체 내부에서 재현 가능한 대상으로 간주한 것이다. 즉 불가능한 "우리 밖"을 상상하고 "사자의 졸음에 손가락질"하게 될 일련의 과정들은 이미 공동체 내부의 기획인 것이다. 비관적이게도 이때 시인의 은유는 그러한 기획의 공집합으로 호출되어 수많은 부분집합들을 만들어 내는 것과 다르지 않다.

　　하지만 공동체의 상상에 맞서는 것이 아니라 완벽하게 순응한다면 어떻게 될까? 정말로 "우리 안은 안전하고/우리 밖은 넘보지 않겠다는 말"에 따라서 재현 불가능한 대상들을 말한다면 "사자는" 정말로 "피 냄새를 그리워할지 모른다". 야성이 꿈틀거리던 태초의 세계를 그리워하는 "사자"는 "이빨의 쓸모와 네 다리의 목적"과 "굶주림" 따위를 "잃어버리지 않으려"고 "단식투쟁 중일지 모른다". 그리하여 공동체의 상상에 따라 시인 자신을 내던질 때, "오늘 나의 감정과 사회와 언어와 관계는/몹시 완벽"한 것이 된다.

눈여겨볼 것은 공동체의 상상과 규율이 요구하는 대로의 시작(詩作)이 예상 밖의 사태를 발생시킨다는 점이다. 표면상 "정글 버스 안"에서 "우리 안"에 갇힌 "사자"를 보고 동일성을 확보해 나가는 일련의 시작 과정은 공동체의 상상에서 한 치도 벗어나지 않은 "완벽"한 것이다. 그러나 시인 스스로가 공동체의 상상과 규율에 완전히 몸을 내맡길 때, 그것은 무력한 것이 되고 만다. 시인은 공동체의 요구에 의해서만 은유를 발생시키게 되므로 "별안간으로/그럴지도 모르니까/그럴지도 모른다"는 시구를 쓸 수밖에 없는데, 시인을 움직여 원하는 것(재현 불가능한 것)을 얻기 위해선 지배하는 쪽이 종속될 수밖에 없다.

넓은 의미에서 본다면 이는 들뢰즈가 정리한 마조히스트적인 태도에 가깝다. "선제적으로 법에 복종하고 처벌을 수용함으로써 법 그 자체의 효력을 말소"시키는 것이다. 이러한 태도가 가능한 이유는 선에 의존하는 법의 근거가 실은 나약하고 부조리한 것이기 때문이다. 선이 무엇인지 누구도 알 수 없지만 그것에 복종하는 것이 최선이 될 때, 선은 법을 내세우고 법은 다시 선에 의존하게 된다. 결국 선의 원리를 제거하고 나면 법의 집행과 순응이란 단지 "주인

과 노예"의 공모에 지나지 않는다.[2]

다만 간과하지 말아야 할 것은 시인이 욕망하는 미래가 법 이전의 세계나, 태초의 세계를 근거로 현재를 부정하거나 해체하지 않는다는 사실이다. 시인은 이미 공동체에 소속되어 있으며 타자의 영향을 완전히 벗어던질 수 없다. "주인과 노예"의 공모는 그것의 가치판단이 어떠하든 분명한 삶의 일부분이며, 시인은 자신의 삶 속에서 시적 형식을 추구할 뿐이다. 태초의 세계는 공동체의 규율과 법이 은폐한 욕망을 전제로 상상되는 곳이므로, 그곳에도 나름의 법과 다른 질서가 존재할 수밖에 없다. 더구나 그곳에 진입하기 위해 디뎌야 하는 순례길과 성지(聖地)는 모두가 공동체의 영향 아래 놓여 있다.

---

2 "들뢰즈에 따르면, 법이 이처럼 무력한 힘을 가질 수밖에 없는 것은 그 근거가 처음부터 나약하고 부조리한 토대였기 때문이다. 법은 사실 선이라는 상위의 원리에 의존한다. 이런 의미에서 법은 이차적이고 대리적인 권력이다. 그러나 우리는 누구도 선이 무엇인지를 모른다. 이 때문에, 법에 복종하는 것이 '최선'인 것으로 생각한다. (중략) 선이라는 이러한 추상적 원리를 제거하고 나면, 법의 근거는 주인과 노예의 수치스러운 공모이다. 약자들의 집합은 폭군의 등장을 초래한다. 즉 약자들이 데모하기 위해 집합하면, 기득권자는 법의 이름으로 폭군으로 돌변한다. 이런 의미에서 폭군은 약자들의 무리에 의존하고, 법은 폭군에 의존한다. 약자들이 없으면 폭군이 없고, 폭군이 없으면 법이 없다. 마조히스트는 이러한 순환성을 직관적으로 안다. 이에 마조히스트는 선제적으로 법에 복종하고 처벌을 수용함으로써 법 그 자체의 효력을 말소시킨다. 즉 마조히스트는 주인이 처벌하기 전에 미리 법적 처벌을 자신에게 스스로 부과함으로써 주인의 권력을 무력화하고 법을 조롱한다." 문장수, 「도착증에 대한 프로이트와 들뢰즈의 논쟁에 대한 비판적 분석」, 『철학연구』 132집, 대한철학회, 2014, p.57.

새가 없는 나라에 산 적 있는가

부리와 날개를 잃고

척추와 발톱이 구부러지는

새의 등뼈를 따라

구불구불 불구의 나라로 날아간 적 있다

나는 크고 아름다운 새의 눈에

한 주먹 모래를 붓고 싶었다

눈을 잃은 바다와

발 없는 길목을 따라

공중을 잃고

몸통을 불사르는 시체처럼

샹들리에 사이를 오락가락했으므로

나는 새가 죽은 나라에 산 적 있다

소리 없는 울음과

조용한 심장

그리고 자라는 손톱들

창밖엔 어둠 속의 어둠이 물들고

울다 웃는 일이 쉬워지고

새벽에 닦는 고요한 숟가락

커튼 대신 걸린 목들

지상에는 지상의 목들이

새가 사라지는 노래를 부른다
　　　　　　　—「구름이 지나가는 마을, 론세스바예스」 부분

　스페인 산티아고 순례길을 직접적으로 언급하고 있는
「구름이 지나가는 마을, 론세스바예스」는 성지이자 성당의
명칭인 "론세스바예스"에 이르는 여정을 상징적인 어법으
로 드러낸다. 작품 속에서 "론세스바예스"는 공동체의 규
율이 미치지 않는다고 가정된 '순례지'이자 "새가 없는 나
라"다. 그런데 그곳으로의 진입을 위해 디뎌야 하는 대지는
"불구"가 된 "새"의 형상이다. 시적 화자는 현실화된 "새"의
대지를 디디면서도 정작 "새가 없는 나라"에 진입한다는 모
순을 드러낸다. 이어서 "공중을 잃고/몸통을 불사르는 시
체처럼/샹들리에 사이를 오락가락"하는 어떤 모습(보따푸메
이로[3]로 추측된다)에서 "새"의 형상을 떠올리지만, "새가 없는
나라"의 법과 규율에 따라, 실제 "새"를 본 것이 아니라 "새
가 죽은 나라에 산 적 있다"는 과거형으로 처리된다.
　결국 '성지'의 영역에는 욕망이 실현되는 시간이 아니라
"소리 없는 울음과/조용한 심장/그리고 자라는 손톱들"로
표시되는 공동체 내부의 시간이 흐른다. 유토피아에 대한
믿음이 어떠하든 "지상에는 지상의 목들이/새가 사라지는
노래를 부"를 뿐이고, "새"는 처음 "새" 모양의 대지를 디딜

---

3 botafumeiro. 성당의 천정(돔)에 매달려 진자 운동을 하며 향을 퍼트리
는 대형 향로.

때부터 이미 시적 화자와 함께 동행하고 있었던 셈이다. 이는 스스로 외부적 억압(법)을 구축한 뒤 얻어지는 불가능한 결과물에 절대적인 가치를 부여하는 것으로써, 지젝의 말을 빌리자면 "우리가 대상에 접근하는 것을 막는 외부적 장애는 그것이 없다면 대상에 직접적으로 접근 가능하다는 환영을 명확히 창조해"[4] 내는 상황과 일치한다.

시인의 욕망은 표면상 공동체와 타자로부터의 자유를 추구하고 있지만, 그 내부에는 자신이 만든 장애물을 넘어서려는 욕망이 도사리고 있다. "결합과 분열과 소멸과 확장이라는 말은/이제 나로부터의 사건이다"(「입덧」). 그리고 그것은 아무렇게나 놓여 있는 대상들이 실은 전 우주와 관계를 맺고 있으며 그 해답을 구하기 위해선 생명이 연장되어야 한다는 걸 아울러 의미한다. 시인은 스스로의 억압에 구속됨으로써, 자신은 물론 모든 대상들의 내부에서 뛰고 있는 "조용한 심장"이 계속해서 운동하도록 답을 구하는 자이다. 비록 "열어야 할 문이 병실이래도//만져야 할 몸이 머리카락뿐이래도//아픈 엄마래도"(「시인의 말」) 시인은 "조용한 심장"이 뛰는 은유를 멈추지 않는다.

0.

꽃의 이름으로 불리는 것들은 죄다

---

4 슬라보예 지젝, 「고상한 사랑, 또는 물(物)로서의 여성」, 『향락의 전이』, 이만우 역, 인간사랑, 2001, p.186.

발목이 아프다

너에게 가기 위하여
푹푹 아무 데나 깊숙이 땅을 밟아 본다

너와 떨어져 사는 세상이 경악스러워
달랑 혼자인 내가 달랑 혼자인 널 그리워
외롭게 조는 일

꽃의 머리로 꽃의 심장으로 꽃의 혈관으로
연애를 구걸하는 저녁은 아름답다

송이송이 눈꽃송이 하얀 꽃송이

(중략)

우주의 골방에서
우리는 이미 장애를 앓는 꽃

꼭꼭 숨은 나이테 속으로
빙글뱅글 꽃이 피어도

매발톱꽃에게 사랑은 한 구절로 부족하다
　　　　—「우리는 태초에 꽃의 이름으로 태어나」 부분

박송이의 첫 시집 『조용한 심장』은 타자성에 대한 진지한 고민과 언어에 대한 천착이 돋보이지만, 무엇보다 사랑의 시편들이라고 불러도 좋을 것이다. 만약 여기에 동의하는 독자들이라면 이 시집의 가장 처음에 배치된 시편부터 다시 읽는 기쁨 속에서 "꽃"의 의미를 되새겨 보는 것도 좋을 것이다. 화무십일홍(花無十日紅)의 "사랑"처럼, "꽃"도 "사랑"도 영원하지 않다. 하지만 "우주의 골방에서/우리"가 "이미 장애를 앓는 꽃"이라면 "꼭꼭 숨은 나이테 속"에는 "한 구절로 부족"한 비밀이 숨어 있을 것이다. "송이송이 눈꽃송이 하얀 꽃송이". 꽃다발을 받으면 당신의 심장도 십 일 동안 붉어지는가? 가슴에 귀를 대어 보면 "봄이 가고 봄이 가고 봄이 가고 봄이"(「광화문 꽃집」) 뛰고 있을 것이다.